AF455962

ARCAS,

ou

LES ASSEMBLÉES PROVINCIALES.

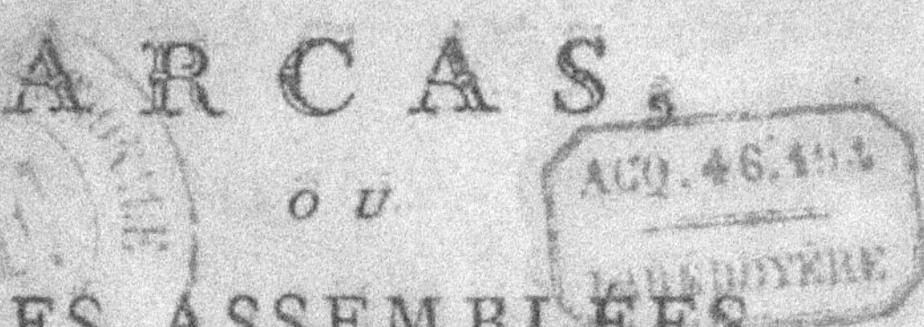

ARCAS,

OU

LES ASSEMBLÉES PROVINCIALES.

NOUVELLE ÉDITION,

Présentée à M. NECKER, Directeur général des Finances.

Nobis hæc otia fecit. VIRG. *Egl.* I.

A PARIS.

Chez NÉE DE LA ROCHELLE, Libraire, rue du Hurepoix, N°. 13,

Et LESCLAPART, Libraire, rue du du Roule, N°. 11.

1789.

par l'abbé Chaisneau

ARCAS,

PASTORALE.

Je célébrais n'aguère les fontaines ſacrées, les prairies, les ruiſſeaux & les bois; je vais aujourd'hui chanter un Berger inſpiré des Dieux, qui vint au ſecours de tout un pays qui périſſait. Muſe, qui me fus propice, ſoutiens mes nouveaux accens, & apprends à tous les bergers combien leur innocence doit leur être chère, comment elle tient à leur propre conſervation.

DANS le Bathos, vallon charmant ſitué ſur les bords de l'Alphée, ARCAS vivait en paix & heureux. Rien n'était ſi touchant que d'entendre Arcas remercier les Dieux de ce qu'ils lui avaient donné dès ſon jeune âge le deſir de s'inſtruire, de ce qu'il avait réuſſi dans ſes entrepriſes malgré les plus grands obſtacles, de ce qu'il avait quelquefois éprouvé les douceurs de la commiſération, & ſouvent porté au bien ou détourné du mal ceux qui l'approchaient. Ce ſage vieillard avait gagné la confiance de tous les habitans du hameau; ils le regardaient comme leur ami, comme leur bienfaiteur, comme l'interprète des Dieux. C'était Arcas qui présidait aux cérémonies de la religion; rien ne se faisait que par l'avis d'Arcas, & lorsqu'il fallait tenir des assemblées, c'était lui qui les dirigeait. Son grand âge & sa prudence lui avaient acquis cette considération qu'il méritait. La haute réputation d'Arcas n'était pas concentrée dans le Bathos; tous les villages voisins accouraient le prendre pour arbitre, dès qu'il s'élevait parmi eux quelque contestation. Les jugemens du vieillard rappelaient le calme dans les esprits agités; ils rétablissaient l'ordre, le faisaient goûter; & chacun s'en retournait, dans la résolution de profiter de la profondeur & de la sagesse de ses conseils.

Tandis que le Bathos jouissait sous Arcas de la tranquillité la plus parfaite, il y avait à quelque distance de ces lieux fortunés une île composée de sept villages, où l'on éprouvait des maux de toute espèce. Depuis long-tems un petit nombre d'insulaires sentait la nécessité d'apporter à ces maux des remèdes efficaces, mais ils ne pouvaient trouver le véritable moyen d'y parvenir. Ces bons insulaires étaient dans cette perplexité, lorsque l'un d'eux, qui avait eu plusieurs fois occasion de voir Arcas, se souvint de ce sage vieillard, & proposa d'aller au Bathos pour le consulter. Il donna des détails si sensibles de l'expérience & de l'habileté d'Arcas, qu'aussi-tôt sept insulaires partirent pour le Bathos. Pendant le voyage, ils agitèrent entr'eux les diverses questions qu'ils avaient à faire au vieillard. Ces généreux insulaires arrivèrent sur les bords de l'Alphée, le premier jour du printems; tout le hameau s'y était assemblé pour célébrer le retour de la nouvelle saison. Dans ce jour de fête, Arcas avait couronné de fleurs la jeune Nisa, jugée la plus vertueuse par ses compagnes elles-mêmes. Cette cérémonie intéressante était à peine achevée, quand les insulaires saluèrent Arcas & lui dirent le sujet de leur voyage. Le vieillard du Bathos les introduisit dans sa cabane, & les fit asseoir, en les assurant avec un air de bonté que les malheurs qui accablaient leur île lui étaient ſenſibles, & leur donnaient des droits à parler avec confiance. Alors un de ces étrangers peignit d'une manière forte l'état affreux de l'île : il dit comment les temples des Dieux étaient déſerts; les habitans de l'île, ſans aucun ſentiment religieux; il parla des vices qui avaient effacé juſqu'aux veſtiges des vertus antiques; il expoſa comment l'agriculture était tombée dans le mépris, & comment les hommes éprouvaient la misère inſéparable d'une vie molle & oiſive; il fit connaître comment la licence avait fait naître l'inſubordination, comment celle-ci par les excès où elle ſe portait de jour en jour, ſemblait préſager une révolte prochaine contre le ſouverain; enfin, accablé de douleur, il dit comment on était dans la plus grande inquiétude à cet égard.

Arcas attendri ſur le ſort d'un peuple auſſi malheureux, prie les inſulaires de lui apprendre l'origine d'un ſi grand déſordre. Celui qui venait de parler pourſuivit ainſi:

» Notre habitation que les eaux
» environnent de toutes parts, a
» été iſolée pendant bien des ſie-

» cles. Tant que les ſept villages
» dont elle eſt compoſée, ne
» communiquèrent qu'entre eux,
» ils furent animés de zèle pour
» le travail & la vertu. Sous un
» ciel ſerein & ſur un ſol fertile,
» nos aïeux, dont les mœurs é-
» taient pures, chériſſaient leur
» exiſtence. Jour funeſte, que ce-
» lui où du rivage on apperçut
» au loin ſur les eaux tranquilles
» une barque flottante! Elle s'a-
» vance de plus en plus, & l'on
» diſtingue bientôt des hommes
» d'une eſpèce nouvelle, qui la
» conduiſent à force de rames.

» Soit oisiveté, soit amour » des richesses, soit desir d'acquérir des connaissances, soit » toutes ces choses réunies, ces » hommes, habitans d'une ville » opulente & superbe, s'étaient » lancés sur les eaux, & les parcouraient à l'aventure lorsqu'ils » abordèrent dans notre île. On » eût dû leur en interdire l'entrée, » les regarder comme un fléau qui » venait nous désoler. Un vent brûlant qui desséche toutes les plantes, ou qui apporte sur ses aîles » des vapeurs pestilentielles, eût » été moins à craindre que cette

» poignée d'hommes. Que leur
» barque ne s'eſt-elle entrouverte,
» & que ceux qu'elle portait n'ont-
» ils été engloutis ſous les flots !
» Une puiſſance ennemie, & ja-
» louſe de la félicité dont nos pè-
» res jouiſſaient, les amenait ſans
» doute pour nous plonger dans
» un abîme de malheurs : une di-
» vinité plus puiſſante & propice
» à nos voeux ne nous délivre-
» ra-t-elle jamais de tant de ca-
» lamités ? Au lieu de repouſſer
» loin du rivage ces hommes plus
» cruels pour nous que des monſ-
» tres affamés qui ſeraient venus

» nous dévorer, au lieu de les
» repouſſer, nos pères les ac-
» cueillirent avec joie. Ces hom-
» mes étonnés de nous voir nous
» causèrent la même ſurpriſe ; no-
» tre langage, notre manière de
» nous vêtir, tout nous diſtinguait
» les uns des autres. Pour nous
» raſſurer, ces nouveaux débar-
» qués nous préſentèrent une bran-
» che d'olivier & nous comblèrent
» de careſſes. Ils nous firent en-
» tendre, plus par geſtes que par
» paroles, qu'ils deſiraient viſi-
» ter notre île. Nous leur en laiſ-
» ſâmes la liberté, en leur don-

» nant même des guides, qui la » parcoururent avec eux. Quand » ils eurent tout examiné rapide- » ment, ils remontèrent dans leur » barque. En nous quittant, ils » nous donnèrent des démonſtra- » tions de reconnaiſſance & d'a- » mitié; à leurs ſignes & à leur » langage, que nous commen- » cions à comprendre, nous sûmes » que leur habitation n'était pas » fort éloignée de la nôtre, & » qu'ils reviendraient dans peu.

» Nous craignions déja de ne » plus les revoir, lorſqu'un jour, » aſſemblés ſur la rive où nous

» avions reçu leurs adieux, & les
» yeux tournés du côté où ils é-
» taient disparus, nous apperçû-
» mes plusieurs barques semblables
» à la première que nous avions
» vue. Nous poussâmes des cris
» de joie; ils répondirent par des
» cris semblables, & quand ils
» furent sur le rivage de notre
» île, nous nous donnâmes des
» marques réciproques d'amitié.
» Nous n'eumes pas de peine à
» reconnaître ceux que nous a-
» vions déja vus; nous en vîmes
» d'autres que nous ne connais-
» sions point encore. Ces habitans

» de la grande ville nous firent des » préſens qui nous attachèrent à » eux ; ils gagnèrent pluſieurs des » nôtres, & les engagèrent à » aller voir leur ville. Trop fa- » ciles, hélas ! ils cédèrent à leurs » ſollicitations ; ils abandonnèrent » leurs propres foyers, leurs pa- » rens, leurs amis, pour s'expo- » ſer à toutes ſortes de dangers. » Qu'allaient-ils chercher ? Le » bonheur ? n'en jouiſſaient-ils » ils pas dans l'île qui les avait » vu naître ?

» Quand ils furent arrivés dans » l'orgueilleuſe cité, le poiſon en-

» tra par tous leurs ſens. Eblouis
» du faux éclat qui les environne,
» ils admirent tout ce qui s'offre
» à leurs yeux ; la magnificence
» des édifices, la ſomptuoſité des
» tables, les ſpectacles, les voi-
» tures, tout les tranſporte & les
» jette hors d'eux-mêmes. A leur
» retour dans l'île, chacun s'em-
» preſſa de leur faire des queſ-
» tions ; leurs réponſes donnèrent
» à pluſieurs l'envie d'aller voir
» à leur tour de ſi rares mer-
» veilles. Bientôt on ne fit plus
» qu'aller & venir de l'île à la
» ville & de la ville à l'île, bien-

tôt

» tôt les habitans de l'île prirent
» les mœurs & les usages des ha-
» bitans de la ville. Nous chan-
» geâmes notre manière de boire,
» de manger, de nous vêtir, de
» parler; on nous apprit à planter
» la vigne, on nous donna une
» autre façon de cultiver la terre.
» Mais si nous fûmes plus instruits
» sur beaucoup d'objets, si nous
» fîmes plusieurs découvertes dont
» nous nous étions bien passés jus-
» qu'alors, nous perdîmes tout du
» côté de la simplicité, de l'in-
» nocence & du bonheur. Un
» grand nombre préféra le séjour

» de la ville à celui de l'île, & ce » furent autant de bras qui man- » quèrent aux travaux de nos cam- » pagnes. Le tems que d'autres » mettaient à aller à la ville, é- » changer des chofes de première » néceffité contre des objets fri- » voles, fut un tems précieux per- » du pour la culture des terres. » Chaque fois qu'on revenait de la » ville, on était plein de tout ce » qu'on y avait vu; de-là un dé- » goût dénaturé pour le village. » On voulut imiter le luxe des » habits, des mets & des plaifirs, » dont on avait eu l'exemple; &

» de nouveaux besoins absorbèrent
» les facultés suffisantes dans le
» premier état, où l'on se con-
» tentait de peu. Les vertus dis-
» parurent, & les vices leur succé-
» dèrent. Actuellement les champs
» & les vignes sont presque sans
» culture, les troupeaux languis-
» sent, les essaims d'abeilles dimi-
» nuent chaque jour, en un mot,
» notre île, jadis si florissante,
» n'est plus qu'un vaste désert.

» Mais ce n'est-là qu'une partie
» de nos maux : l'ingratitude, le
» mensonge, le vol, l'ivresse &
» le libertinage ont fait oublier l'a-

» mour des devoirs, fur-tout de-
» puis que les citadins ont pris
» l'habitude de venir fouvent dans
» notre île, faire ce qu'ils appel-
» lent des parties de plaifir : par
» leurs difcours impies & leurs
» manières indécentes, ils ont a-
» chevé de tout corrompre. Quel-
» les mauvaifes impreffions n'ont-
» ils pas laiffées dans l'île, à cha-
» que voyage qu'ils y ont fait! On
» a appris d'eux à parler des dieux
» avec irrévérence; la pudeur n'eft
» plus qu'un vain nom; la reli-
» gion & les mœurs ne lient plus
» les hommes entr'eux & avec la

» divinité. Telle eſt, ſage Arcas, » l'origine & la cauſe des travaux » négligés & des mœurs corrom- » pues.

» Quant aux troubles qui agi- » tent les eſprits avec tant de vio- » lence, vous ſaurez qu'après la » découverte de notre île, nos ha- » bitans firent avec ceux de la ville » un échange de leurs meilleures » terres, contre mille choſes fu- » tiles. Peu-à-peu toutes les terres » de l'île appartinrent aux habitans » de la ville, qui grevèrent nos » campagnes de corvées. Il s'éle- » va à cette occaſion une ſédition

» affreuse entre l'île & la ville ; le
» sang eût coulé de toutes parts,
» si le souverain de la grande ville
» ne fût venu à bout de rétablir
» le calme & la liberté. Ce sou-
» verain, ami de la paix, acheta
» de ses propres sujets tous les
» droits qu'ils avaient dans l'île ;
» puis ayant convoqué devant lui
» les insulaires, il leur déclara qu'il
» était l'unique possesseur de tou-
» tes les terres de l'île. Il ajouta
» qu'il ne tenait qu'à lui de les trai-
» ter aussi durement qu'ils l'avaient
» été, mais qu'aimant mieux être
» le souverain de leurs cœurs, il

» leur remettrait toutes leurs terres, s'ils voulaient consentir à devenir ses sujets, & à lui payer annuellement une partie du tribut qu'il était obligé d'exiger de ses peuples pour les besoins de ses états. Les insulaires, qui gémissaient depuis si long-tems dans l'esclavage, ne pouvaient comprendre d'où leur venait une annonce aussi avantageuse ; mais voyant qu'elle était véritable, ils acquiescèrent aux propositions du souverain, s'engagèrent, eux & leurs successeurs, à payer le tribut, & remer-

» cièrent mille fois la divinité, qui
» leur avait été ſi propice dans
» les tems les plus fâcheux.

» Notre île, ſage Arcas, fi-
» dèle à ſes engagemens, n'a ja-
» mais refuſé de payer le tribut;
» mais il eſt devenu ſi conſidé-
» rable depuis quelques années,
» les diverſes impoſitions de ce
» tribut ſont ſi inégales, la per-
» ception en eſt ſi barbare, que
» nous avons lieu de craindre que
» cette vexation n'excite bientôt
» la plupart de nos habitans à ſe
» ſouſtraire à la domination du
» ſouverain. Nous ne pouvons

» nous dissimuler qu'ils sont dans » la cruelle alternative, ou de » traîner une vie languissante, ou » de se porter à une révolte dont » les suites seraient funestes.

» Daignez, sage Arcas, nous » aider de vos conseils : plus » nos maux sont terribles, plus » nous avons besoin de remèdes » prompts & salutaires ».

Ce discours de l'insulaire avait ému le vieillard du Bathos, jusqu'à lui faire répandre des larmes. Hommes infortunés! leur dit-il, si vous voulez accepter l'hospitalité que je vous offre, demain nous aviſerons enſemble aux moyens de ſauver une île, dont le ſort eſt vraiment déplorable. Les inſulaires remercièrent Arcas de ſes bontés; ils ne tardèrent point à ſe mettre à table, & après un repas ſimple mais exquis pour le goût & pour la propreté, chacun d'eux alla jouir des douceurs du ſommeil. Puiſſent les Dieux, diſaient-ils, nous envoyer des ſonges qui nous ſoient favorables!

Déja l'aurore commençait à paraître, Arcas & les ſept inſulaires se saluent, & s'en vont faire leurs prières dans un petit temple qui est à quelque distance de la cabane d'Arcas. » O Dieux, disait ce vieillard, d'une voix intelligible, vous que je n'ai jamais implorés vainement, éclairez-moi dans une circonstance où j'ai si grand besoin de vos lumières. Sans vous l'homme ne peut rien ; faites que j'aie de nouvelles graces à vous rendre, faites que je sauve une île, & je meurs content ».

Après quelques instans de silence, Arcas & les sept insulaires revinrent à la cabane. Ils s'assirent ſous un berceau de pampres, & le vieillard du Bathos parla ainſi :

» Avant que de vous tracer la conduite que vous avez à tenir, pieux inſulaires, je vous demanderai quels moyens vous avez imaginé vous-mêmes, propres à délivrer votre pays des maux qui l'accablent ; il n'eſt pas poſſible que votre zèle pour le bien ne vous ait inſpiré aucune reſſource dans une ſituation auſſi critique ».

» J'eſtime, dit un des inſulaires, qu'il faudrait purger notre île des plus mauvais ſujets, en chaſſer une partie des libertins & des fainéans, qui font en même tems les plus féditieux. --- » J'opinerais, dit un autre, pour qu'on punît de mort un habitant de chaque village; cet exemple frappant pourrait corriger le plus grand nombre ». Plufieurs furent d'avis qu'il fallait interdire toute communication entre l'île & la ville; que c'était le feul moyen de rétablir les mœurs & l'amour du travail, & d'appaifer la révolte qui n'était qu'une fuite de l'oubli des devoirs. Lorfque chacun des fept infulaires eut développé fon opinion, Arcas dit:

» Pardonnez fi je trouve un peu

violens les moyens que votre zèle pour le bon ordre vous a ſuggérés. Les moyens violens, outre qu'ils ſont ordinairement injuſtes & cruels, me ſemblent peu propres à opérer un bon effet ; ils font preſque toujours manquer le but qu'on veut atteindre. Au contraire, la voie de la douceur & de la modération produit toujours un bien ; & ſi elle n'obtient pas tout l'effet qu'on eſpère, elle en produit une partie, & jamais elle ne laiſſe de regrets & ne cauſe de repentirs. Si vous chaſſez de votre île tous les fainéans & les libertins, qui ſont, dites-vous, les plus ſédi-tieux ; que vous reſtera-t-il ? une poignée d'individus. Vous vous plaignez que vous manquez de bras pour cultiver vos terres ; n'allez donc pas vous ôter le peu qui vous reſte. Croyez-vous punir les méchans en les banniſſant ? Les méchans ne tiennent point à leur patrie, tout pays leur eſt égal, ils ſe trouvent bien partout où ils peuvent vivre à leur gré. En les chaſſant, vous ne vous procurerez d'autre avantage que celui d'avoir diminué vos forces & vos moyens. Il y a plus ; vous ferez le malheur des lieux où ces méchans ſe réfugieront : car vous ne les aurez pas corrigés, & ils ne changeront point leur manière d'agir. Voilà ce que vous devez attendre du banniſſement de vos habitans.

» Que réſultera-t-il de la mort de pluſieurs d'entr'eux ? Sans examiner ici ſi vous êtes autoriſés à ôter la vie à vos ſemblables, ſur-tout lorſqu'il n'eſt pas queſtion de la leur ôter pour défendre la vôtre poſitivement attaquée ; je crois, dans la circonſtance préſente, cette conduite incapable de procurer l'effet que vous demandez. Vous détruirez

rez dans un inſtant des hommes auxquels il a fallu une trentaine d'années pour le devenir ; & cette mort, au lieu de faire un exemple qui corrige les autres, ne ſervira peut-être qu'à aigrir les eſprits & à les ſoulever davantage. En menant une vie molle & oiſive, en projettant de ne point payer le tribut, ils manquent, j'en conviens, à la ſociété & au ſouverain ; mais méritent-ils une auſſi terrible punition que celle de la mort ? Ne ſont-ils pas aſſez punis par cette extrême misère où ils ſont tombés, par cette agitation qui trouble leur esprit & déchire leur cœur ? Les justes Dieux ne leur réservent-ils pas encore dans l'autre vie des châtimens proportionnés au mal qu'ils auront fait ?

» Vous paraissez desirer que toute communication soit interdite entre l'île & la ville. Certainement s'il était possible de faire cesser tout commerce entre l'une & l'autre, le mal diminuerait chaque jour, & l'on aurait lieu d'espérer par la suite un grand changement. Devenus moins corrompus & plus laborieux, les insulaires paieraient aisément le tribut, & ne chercheraient point à secouer le joug de la dépendance. Mais comment empêcher que votre île & la ville ne communiquent entr'elles ? On n'a jamais entendu dire qu'il ait été défendu à deux peuples de se voir réciproquement. Pourrez-vous en faire la loi aux habitans de l'île, & leur enjoindre de ne point aller à la ville ? Pourrez-vous l'imposer, cette loi, aux habitans de la ville, & leur interdire votre île ? Quand tout cela serait possible, devriez-vous en desirer l'exécution ? Je vois entre la ville & votre île une réciprocité de besoins qui les unit néceſſairement, & qui fonde le commerce, l'induſtrie & les arts. Il n'eſt donc pas expédient de rompre toute communication entre votre île & la ville; il ſerait ſeulement à ſouhaiter que cette communication fût moins intime, qu'elle ne fît point oublier la nature. Si la perte de l'innocence & du bonheur, dont vous vous êtes plaints avec raiſon, eſt moins le fruit de cette communication que de l'abus qu'on en a fait; il ſuffit d'ouvrir les yeux des habitans de votre île, de les éclairer ſur leurs véritables intérêts, de les faire revenir de l'erreur insensée dont ils sont le jouet. Pour opérer cette révolution, ce n'est ni l'exil ni la mort qu'il faut mettre en usage. Je le répète, les moyens violens n'ont jamais produit le bien qu'on se promettait ; la douceur concilie toutes choses, & donne souvent les succès les plus inattendus ».

Les insulaires, qui avaient écouté Arcas avec la plus grande attention, & qui goûtaient la sagesse de ses réflexions, le prièrent instamment de leur communiquer le moyen qu'il croyait propre à faire cesser les calamités auxquelles ils ne voyaient plus de remèdes.

Arcas reprit: » Chers insulaires, si je vous ai bien compris, c'est en rendant votre île moins énervée & moins corrompue, que vous espérez la rendre plus tranquille, appaiser les troubles qui l'agitent. Ce moyen pourrait peut-être réussir, si vous aviez le tems nécessaire à son exécution; mais la révolte est prête à éclater, le danger est pressant, je crois donc qu'il faut d'abord se hâter de calmer les esprits, de faire cesser les plaintes contre le souverain; nous essayerons ensuite de rétablir l'amour du travail & de la vertu. Heureux, si le moyen que nous emploierons pour arrêter les séditieux, peut tout à la fois chasser l'oisiveté & régénérer les mœurs !

Votre souverain a droit d'exiger de votre île un tribut, & vous n'avez jamais refusé de le payer ; si ce tribut augmente considérablement depuis quelques années, il faut moins en accuser la bonté du souverain, que le malheur des tems. Quant à l'injustice des diverses impositions de ce tribut & à la barbarie de leur perception,

ce ſont des abus que le ſouverain ignore ; il ne s'agit que de les lui faire connaître, & de lui ſuggérer un moyen d'y remédier. Si vous voulez m'en croire, généreux inſulaires, vous irez vous jetter au pied du trône de votre ſouverain. Après lui avoir expoſé reſpectueuſement l'état affreux de votre île, dites-lui : » Pour faire
» ceſſer l'injuſtice des répartitions,
» que vous condamnez ſans doute,
» permettez-nous de nous ASSEM-
» BLER, & de nous impoſer les
» uns les autres. Connaiſſant nos
» propriétés reſpectives, nous nous

» imposerons sans erreur, en pro-
» portion de nos revenus. Comme
» la perception du tribut est faite
» par des étrangers qui ne songent
» qu'à s'enrichir aux dépens de
» notre île; souffrez encore que
» nous percevions nous-mêmes
» le tribut, de la manière qui nous
» paraîtra la plus douce: chaque
» année nous viendrons vous ap-
» porter le tribut qui vous est dû.
» Puissiez-vous agréer en même
» tems les protestations les plus
» sincères, les témoignages les
» plus vifs de notre reconnais-
» sance & de notre amour ».

» Avec de pareils ſentimens, chers inſulaires, ſoyez aſſurés que votre démarche ne ſera pas infructueuſe. Touché de vos malheurs, le ſouverain ordonnera à votre île de s'aſſembler annuellement, pour s'impoſer elle-même le tribut, & en régler la perception. C'eſt ainſi que du ſein d'un déſordre paſſager doivent naître des inſtitutions utiles, qui répareront les calamités de votre île, & lui rendront ſon ancienne ſplendeur. Cette idée, que les Dieux m'inſpirent, me ſemble mériter de votre part la plus prompte exécution ».

A mesure qu'Arcas développait son projet de réforme, les insulaires sentaient le doux espoir renaître dans leur ame abattue. Ainsi, après un long & rude hiver, si l'on apperçoit luire le soleil à travers les nuages, si l'on commence à sentir sa chaleur vivifiante, on sourit, & l'on espère des jours plus sereins, une saison nouvelle qui fait qu'on bénit son existence & celui de qui on l'a reçue.

Nous ne pouvons point douter, dirent les insulaires à Arcas, que des ASSEMBLÉES, telles que vous les indiquez, n'opèrent la plus subite & la plus heureuſe révolution dans notre île. Mais quand même notre ſouverain ſerait aſſez bon pour les ordonner ; comment les faire goûter à un peuple dont les uns ne payant qu'une très-petite partie du tribut, quoiqu'ils ſoient extrêmement riches, ſeront intéreſſés à s'y oppoſer, & dont les autres, accoutumés à vivre dans la molleſſe & l'oiſiveté, aimeront mieux ſecouer le joug de la dépendance, que de payer le tribut, quelque léger qu'il puiſſe être ».

Arcas répondit : » Je n'ai pas de peine à croire que quelques riches verront à regret des Assemblées, dont le but sera de faire connaître toutes les possessions de l'île, & d'imposer en proportion des revenus. Ils s'efforceront d'éluder ces établissemens, par mille moyens spécieux. Mais ils seront forcés de céder à la loi du souverain, & au plus grand nombre des insulaires, qui, frappés de la sagesse de ces Assemblées, les auront acceptées avec joie. Au reste, il vous suffit, à vous, de connaître une partie des avantages de ces Assemblées, pour desirer qu'elles soient bientôt établies. Je dis une partie des avantages, car c'eſt de ces inſtitutions vraiment paternelles que je prétends me ſervir pour inſpirer l'amour du travail & de la vertu. Allez donc, volez au pied du trône; j'irai moi-même dans votre île préparer les eſprits ».

Ces dernières paroles d'Arcas décidèrent les ſept inſulaires, ils partirent pour aller trouver le ſouverain; le vieillard du Bathos ne tarda point à ſe rendre dans l'île, comme il l'avait promis.

ARRIVÉ dans l'île, Arcas s'occupa les premiers jours à parcourir les ſept villages qui la compoſent. Il examina tout, & s'apperçut aiſément que l'île était telle qu'on la lui avait dépeinte; il vit les travaux négligés, les mœurs corrompues; il vit toute l'île en combuſtion. Le peuple murmurait, & la révolte était prête à éclater. Le vieillard du Bathos ſouffrait de ce que la déraiſon & la fureur voulaient dominer partout.

Comme ſa renommée l'avait

devancé, & que ses vertus soutenaient tout ce qu'elle avait publié, il lui fut facile de gagner la confiance des insulaires ; bientôt il assembla les principaux habitans des sept villages, & leur tint ce discours :

» Les maux qui vous accablent sont intolérables ; je les sens & je les partage avec vous, comme s'ils m'étaient personnels. Si je puis quelque chose sur vos esprits, si vos intérêts vous sont chers, écoutez ma voix & ce que mon cœur m'inspire pour votre propre conservation.

Le

» Le tribut que votre ſouverain exige de vous eſt légitime, & s'il l'augmente depuis quelques années, c'eſt qu'il y eſt forcé par de fâcheuſes circonſtances. En payant ce tribut, n'oubliez jamais l'époque où, devenus ſes ſujets, vous fûtes réhabilités dans des droits qui vous étoient chers : n'oubliez jamais que votre ſouverain eſt un père, qui vous aime comme ſes enfans. Sans ceſſe occupé du bonheur de ſes peuples, il les gouverne par la ſageſſe de ſes loix. Vous en ſerez convaincus, ſi vous faites attention à toutes les branches de l'adminiſtration de ſon gouvernement. Pendant la paix, il viſite les ports, il fortifie la marine, il s'attache ſur-tout à faire fleurir l'agriculture. Quand il eſt forcé de faire la guerre, il la fait, & la finit dès qu'il en eſt le maître: il ne prend jamais les armes par amour des conquêtes, mais pour le bien de ſes états. Il n'eſt pas poſſible que toutes ces choſes s'exécutent ſans des dépenſes conſidérables. C'eſt pour ſoutenir l'éclat de ſa puiſſance & la ſplendeur d'un vaſte empire, dont l'heureux climat, le commerce, les ſciences & les arts excitent l'envie des peuples voisins, que le souverain demande à ses peuples, libres & dignes de l'être, un tribut légitimement dû. Car, si le souverain assure à ses sujets leur vie, leur liberté, leurs possessions; s'il les protège & fait qu'ils vivent en paix au dehors & au dedans; n'est-il pas juste que les sujets de ce souverain lui fournissent tout ce qui lui est nécessaire, pour subvenir à l'exécution des loix, aux divers établissemens, & souvent aux frais immenses d'un guerre indispensable? Oui, votre vie, vos bras, vos patrimoines, tout doit être porté en hommage à un souverain qui ne vit que pour vous; qui ne fortifie ses états que pour mieux vous défendre; qui sacrifie même le faste imposant de sa maison, dont jouissaient ses ancêtres, pour coopérer au soulagement & au bonheur de ses peuples. Malgré la meilleure volonté de votre souverain, il s'est glissé des abus dans la manière d'imposer le tribut & de le percevoir: ces abus, énormes à la vérité, vous ont fait crier à l'injustice, à la tyrannie; mais soyez persuadés que votre souverain serait cesser ces abus, s'ils pouvaient parvenir à sa connaissance, parce qu'il est le père de tous ses sujets, & que tous lui sont également chers. Je ne vous cacherai point ici qu'informé de vos plaintes, j'ai envoyé auprès du souverain plusieurs habitans de cette île : ils doivent lui avoir exposé les malheurs qui excitent vos murmures; je ne doute nullement de la réussite de cette tentative, & sous peu vous les verrez revenir vous faire part des intentions de votre souverain ».

Arcas parlait encore, lorsque

les ſept inſulaires qui étaient allés auprès du ſouverain, parurent au milieu de l'aſſemblée, en pouſſant des cris de joie. Ils s'approchent d'Arcas & lui mettent en main les ordres du ſouverain; ils ſont pénétrés de ſes bontés, ils rappellent toutes les marques qu'ils en ont reçues, ils voudraient que ceux qui les entendent euſſent été témoins de ſes véritables ſentimens, comme ils l'ont été eux-mêmes: on ſent que leur diſcours eſt l'éloquence du cœur, & non pas l'effet d'une vaine adulation. -- » Le ſouverain nous a dit, ajoutent ces inſulaires:

» Comment avez-vous pu soupçonner la bonté de mon cœur? je n'ai jamais desiré que la félicité de mes peuples. Mes enfans, j'approuve le projet de réforme que vous venez de me suggérer; mais ce projet, si simple & si grand, qui peut vous l'avoir inspiré? --- C'est Arcas, avons-nous dit. --- Arcas! reprend le souverain; lui seul est capable de porter à la perfection ce qu'il a si sagement conçu. Hâtez-vous de retourner parmi les vôtres; assemblez en mon nom les sept villages de

4...

» votre île ; que chacun de vous, » connaissant ses propriétés respectives, fixe les diverses répartitions du tribut, de manière » que la justice distributive soit » exactement observée. Je vous » laisse libres d'aviser entre vous » aux moyens de rendre la perception de ces taxes la moins » onéreuse possible. Allez, réglez » dans ces Assemblées tout ce qui » pourra contribuer à la prospérité de votre île ; que l'évidence » du bien y réunisse tous les esprits : j'honore de ma protection & de ma confiance ce nou.

» vel établiſſement ; puiſſe-t-il ra-
» mener parmi vous la paix, l'a-
» bondance & la douce liberté ! »

Quand les inſulaires députés eurent achevé de parler, le vieillard du Bathos lut les ordres du ſouverain, & les notifia à toute l'île, dans la perſonne de ſes principaux habitans. Le plus grand nombre des inſulaires reçut avec tranſport les ordres du ſouverain ; quelques riches propriétaires murmurèrent, & imaginèrent des prétextes ſpécieux pour empêcher l'établiſſement des Aſſemblées. Leur raiſonnement était coloré du bien public, mais au vrai c'était leur intérêt perſonel qu'ils défendaient. Arcas fit goûter avec ſa modération ordinaire la ſageſſe de ces inſtitutions. Après que les différens intérêts eurent été longtems balancés, les plus rébelles, qui rejettaient les Aſſemblées, furent obligés de convenir que le pauvre, qui ſouvent manque de pain, devait être ſoulagé ; que ceux qui poſsèdent toutes les richeſſes de l'île, devaient payer la plus forte partie du tribut ; enfin, que ce n'était que dans les Aſſemblées qu'on pouvait régler cette juſte proportion. Il fut décidé que, pour ſe conformer aux volontés du ſouverain, la première Aſſemblée de l'île ſe tiendrait dans huit jours. Il n'eſt pas néceſſaire d'ajouter que le vieillard du Bathos fut choiſi d'une voix unanime pour préſider ; ce choix avait été déſigné par le ſouverain lui-même. En attendant le jour de l'Aſſemblée, Arcas eut de fréquens entretiens avec les ſept inſulaires qui étaient allés le conſulter au Bathos; ils ne déſeſpéraient plus d'exécuter leur projet de réforme dans toute ſon étendue.

Le jour de l'ASSEMBLÉE eſt arrivé, les habitans des ſept villages de l'île ſe ſont réunis dans une vaſte prairie. Arcas eſt au milieu des vieillards ; on voit un autel élevé par ſes ordres, ſur lequel ſont placés les images des Dieux protecteurs de l'île, l'image du ſouverain, & celles de ſes prédéceſſeurs qui, comme lui, ont été les pères du peuple. Arcas avait fait mettre encore ſur cet autel des couronnes & des guirlandes de fleurs. On obſerve le plus profond ſilence, & le vieillard du Bathos implore les Divinités.

Après cette invocation, tous les insulaires vinrent faire devant Arcas la déclaration simple & vraie de leurs terres labourables, de leurs prés, de leurs vignes, de leurs plantations d'arbres, & de leurs troupeaux. L'évaluation des diverses possessions de chaque village & de chaque habitant en particulier, fut faite à la pluralité des voix. Alors Arcas, divisant le tribut, imposa les sept villages & leurs habitans, en proportion de ce qu'ils possédaient. Toute l'île applaudit à cette sage répartition, & l'on ne s'occupa plus que des moyens de percevoir les diverses impositions. Il fut arrêté qu'elles seraient perçues dans chaque village, par deux habitans qui en rendraient compte aux Assemblées, & que les Assemblées députeraient un insulaire pour aller déposer le tribut dans les trésors du souverain.

Arcas, qui ne bornait pas les avantages de ces Assemblées à régler l'imposition & la perception du tribut dû au souverain, demanda aux insulaires s'ils n'avaient pas quelques observations à faire pour la prospérité de leur île. Alors un des insulaires qui étaient allés au Bathos, se lève & dit :

» Maintenant que nous sommes délivrés de cet état de servitude que nous ne pouvions supporter, il nous faut répondre aux vues bienfaisantes de notre souverain. C'est en vain qu'il aurait favorisé par de sages institutions une juste répartition du tribut ; c'est en vain que l'on voudrait percevoir le tribut de la manière la plus douce ; notre île sera toujours insolvable, si nous restons oisifs. Il s'agit donc de cultiver nos terres, de soigner nos troupeaux, & d'aimer le travail : un bon emploi du tems & de nos forces peut ſeul réparer nos pertes, nous enrichir & nous mettre en état de payer au ſouverain, le tribut que nous lui devons ».

» — Oui, pourſuivit Arcas, ſi vous voulez payer votre dette à l'état, & ramener l'abondance dans vos propres foyers, il vous faut reprendre les travaux qui ſont abſolument négligés. Il ſera bon de défricher ce terrein immenſe qui renferme dans ſon ſein de grandes richeſſes, & qui n'attend, pour les répandre, qu'une main laborieuſe

rieuſe, qui le cultive avec ſoin ».

Tous les inſulaires convinrent que leurs terres étaient plus que ſuffiſantes pour payer le tribut impoſé ; ils promirent de les cultiver mieux qu'ils n'avaient fait depuis long-tems. Quant au terrein en friche, ils dirent qu'on avait eſſayé quelquefois de le cultiver, mais qu'il n'était bon à rien. --- » Il n'eſt aucun terrein, reprit ſur le champ Arcas, qu'on ne puiſſe forcer à produire quelque choſe, à payer avec uſure les peines du cultivateur ».

Arcas demanda aux inſulaires

comment ils avaient préparé ce terrein ingrat, ce qu'ils y avaient semé ou planté : il leur fit encore d'autres questions auxquelles ils répondirent. Puis Arcas leur fit comprendre que, s'ils n'avaient rien recueilli, c'était moins la faute du sol que leur ignorance en fait d'agriculture.

Ici le vieillard du Bathos saisit l'occasion de parler de la nature du terrein de l'île, & de la température du climat ; il s'étendit sur la multiplicité des labours, & sur l'intervalle qui leur était convenable ; il s'étendit sur l'usage des

canaux d'arrosement & de dessé-chement, sur les engrais des terres, sur les mauvaises herbes & sur les moyens de les extirper. Quant aux plantations, Arcas disait : » J'ai
» parcouru toute votre île, & je
» l'ai trouvé dénuée d'arbres de
» toute espèce. Hâtez-vous de
» planter ; ce soin est digne d'un
» homme vertueux, & quiconque
» manque à ce devoir si essentiel
» & si facile, est inexcusable.
» Encore un coup, hâtez-vous
» de faire des plantations ; en
» même tems que vous sémerez
» l'abondance par-tout, & que

» vous laisserez après vous de
» grands biens à vos arrière-ne-
» veux, vous vous procurerez des
» plaisirs innocens, des plaisirs qui
» renaîtront chaque jour ».

Toute l'Assemblée interrompit Arcas, pour le prier d'ordonner qu'à l'avenir aucun insulaire ne pût se marier avant que d'avoir planté au moins une centaine d'arbres : Arcas applaudit à cette idée, & il fut statué que cette loi serait rigoureusement observée. Après quelques préceptes pour diriger les insulaires, dans le genre de travail qu'ils venaient eux-mêmes de s'imposer, Arcas ajouta :

» Chers insulaires, si vous exécutez les réglemens que nous avons faits dans cette Assemblée, je ne doute point que vous n'augmentiez vos revenus, & qu'après avoir payé le tribut dû au souverain, il ne vous reste de quoi mener une vie commode & aisée. N'oubliez donc jamais cette première ASSEMBLÉE, elle est la source de la plus heureuse révolution. Occupez-vous dans les Assemblées suivantes, dont celle-ci doit être le modèle, occupez-vous de tout ce qui peut rendre votre île florissante, c'est le vœu de votre souverain. Vous ferez très-bien d'ordonner de dessécher les marais, de pratiquer des canaux, de faire des ponts, de réparer les chemins, afin de transporter plus aisément dans vos maisons les fruits, les grains, les foins, toutes les richesses éparses dans les campagnes. C'est dans ces Assemblées qu'il sera bon de récompenser les habitans les plus laborieux, ceux qui auront fait les plus belles plantations, ceux qui auront recueilli le meilleur froment, ou qui auront fait quelques découvertes utiles à l'agriculture ».

Lorſque le vieillard eut ceſſé de parler, un des inſulaires qui était allé au Bathos, prit la parole, & dit : » Si le but de nos Aſſemblées eſt de diſcuter tout ce qui peut intéreſſer l'île, ſage Arcas, il ne ſuffit pas de nous diriger dans la manière de nous enrichir : ſans l'innocence des mœurs, pourrons-nous être heureux ? Daignez, ſage Arcas, achever votre ouvrage ; inſpirez-nous l'amour de la vertu, comme vous nous avez inſpiré l'amour du travail. Si ces deux objets contribuent au bonheur, pourquoi les ſéparer, & ne point nous en occuper dans nos Aſſemblées ? »

Arcas dit auſſi-tôt :

» Les travaux & les mœurs doivent-ils être ſéparés ? ne doit-on pas s'en occuper dans les Aſſemblées ? Cette queſtion fait l'éloge de l'inſulaire qui la propoſe, & ſi elle eſt approuvée par ceux qui l'ont entendu faire, je crois pouvoir bien augurer de cette île. Quiconque deſire ſincèrement d'être vertueux, ne peut manquer de le devenir, s'il ne l'eſt déja au fond de ſon cœur ».

Arcas se fit apporter deux couronnes de fleurs qui étaient sur l'autel : il en donna une à cet insulaire qui venait de parler en faveur des mœurs, & il donna l'autre à celui qui peu auparavant avait recommandé le goût du travail. Puis il reprit ainsi :

» Puisque vous desirez savoir ce que je pense sur une matière qui tient nécessairement aux discussions à faire dans cette Assemblée, je ne vous tairai point que, pendant mon séjour dans cette île, j'ai vu que les mœurs y étaient aussi corrompues que les travaux négligés.

Il fera donc à propos, dans vos Aſſemblées, de vous communiquer également vos lumières ſur ces deux grands objets. Dans ce jour je me contenterai de vous demander quelle éducation vous donnez à vos enfans, & comment les mariages ſe font parmi vous ».

On ne put rien répondre, car on n'avait jamais réfléchi ſur une matière auſſi importante. Après un moment de ſilence, Arcas ordonna qu'on eût grand ſoin à l'avenir d'inſpirer aux enfans la crainte des dieux, le reſpect pour les vieillards, l'amour de leur pays & de leur ſouverain : il voulut qu'on leur apprît à être dociles, ſoumis, patiens, laborieux, doux, ſobres, modérés, déſintéreſſés, reconnaiſſans. Il inſiſta ſur-tout ſur la néceſſité d'unir de bonne heure les deux ſexes.

» Il eſt un âge de ſe marier, diſait-il, marqué par la nature. Pères & mères, en tardant trop à ſeconder par des nœuds légitimes les vœux de la nature, craignez de participer aux déſordres dont vos enfans ne pourront peut-être pas ſe défendre. La ſuite, hélas ! de ces excès, ſera de porter les uns à une vie molle & oiſive, d'abréger les jours des autres, d'ôter à tous le desir de prendre des épouses. Qui sait si vos filles infortunées, après avoir long-tems attendu dans le silence qu'un époux vînt trouver dans leur vertu le gage de la félicité, ne secoueront pas enfin toute pudeur, pour aller au-devant de ce que vous leur refusez avec tant de dureté? Chers insulaires, ne remettez donc pas à un âge trop avancé le mariage de vos enfans. C'est en éprouvant ensemble, & pour la première fois de la vie, les plus doux sentimens, que deux jeunes époux se deviennent chers l'un à l'autre, & qu'ils s'en aimeront plus longtems. Occupés de leurs propres intérêts dans leur nouveau ménage, pleins de force & de ſanté, ils travaillent avec une ardeur incroyable, pour élever des enfans auſſi bien conſtitués qu'ils le ſont eux-mêmes. Les mariages tardifs ſont privés de ces avantages. Peut-on s'aimer, quand le cœur eſt uſé, & que les feux de la jeuneſſe ſont preſque éteints? Si l'on peut eſpérer d'avoir des enfans, quand les ſources de la vie ſont preſque épuiſées, quelle génération laiſſe-t-on après soi? & comment se flatter de vivre assez, pour donner à ces êtres languissans tous les soins qu'exige leur frêle existence? Quel tort vous faites aux jeunes-gens & à votre île, en différant les mariages! Mais sachez encore que vous n'y gagnez rien vous-mêmes. Impatiens de secouer le joug que vous leur faites porter, vos enfans seront moins dociles, moins soumis à vos volontés; ils travailleront pour vous avec nonchalance, & vous vous priverez à jamais de la satisfaction si douce de voir les enfans de vos enfans ».

Les insulaires, qui n'avaient jamais entendu parler un vieillard avec autant de force & de sagesse, pleins d'admiration pour Arcas, lui proposèrent de quitter le Bathos, & de venir habiter parmi eux. --- » Vous présiderez, lui disaient-ils, à toutes nos Assemblées; rien ne se fera dans notre île, que vous ne l'ayez approuvé ou ordonné.

Arcas refuse & remercie. Comment quitter le Bathos, le lieu de sa naissance, le séjour de ses aïeux & de ses anciens amis? -- » Chers insulaires, disait Arcas, rendez graces aux Dieux immortels, de ce qu'ils ont bien voulu jetter sur vous un regard de pitié. Continuez, dans les Assemblées qui suivront celle-ci, de pacifier les troubles, de prévenir les orages, de réparer les désordres, de remédier aux abus, de discuter, en un mot, tous les intérêts de votre île. *Pour moi, je retournerai parmi les miens*, content de vous savoir heureux ».

On allait terminer l'Assemblée, lorqu'Arcas, se rappelant qu'une partie des maux de l'île venait de son

ſon commerce trop intime avec la grande ville, crut devoir leur donner les conſeils ſuivans.

» Si vous m'en croyez, chers inſulaires, vous n'irez que très-rarement à la ville; n'y allez jamais que pour vendre vos denrées & acheter les choſes qui vous ſont abſolument néceſſaires. N'y reſtez qu'autant de tems qu'il vous en faudra pour faire ces échanges: que les jeunes gens ſur-tout, qui n'ont aucune expérience, & dont l'imagination eſt ſi prompte à s'enflammer, n'y aillent jamais ſans être accompagnés d'un homme mûr, dont la prudence ſoit leur ſauvegarde.

» Fuyez, fuyez cette orgueilleuſe cité : toutes les fois que j'en ſuis revenu, il me ſemblait avoir reſpiré un air impur, avoir commercé avec des hommes d'une autre eſpèce que la nôtre. En effet, c'eſt un autre langage, ce ſont d'autres mœurs. Le tumulte de leurs places publiques vaut-il la tranquillité, le calme de nos campagnes ?

» A quoi bon ces glaces brillantes, ces lambris dorés, ces

maisons plus magnifiques que les temples des Dieux; si l'on y est privé de cette paix intérieure, qui surpasse tout sentiment?

» Ces hommes vains & superbes traitent durement leurs semblables, qui rampent devant eux & les servent en esclaves: au Bathos, les maîtres & les serviteurs sont unis par l'amitié, le respect, les égards & les attentions réciproques.

» Pendant les plus belles journées du printems, ces citadins se tiennent enfermés pour se communiquer leur ennui, médire des abſens, parler des Dieux avec licence, ou murmurer contre le ſouverain qui les gouverne. J'en ai vu, autour d'une table de jeu, ſe diſputer une poignée d'or & d'argent ; leur viſage, qui change de couleur à chaque inſtant, annonce qu'ils éprouvent diverſes paſſions violentes. On m'a dit que la fureur du jeu leur faiſait paſſer ainſi les jours & les nuits ; on m'a dit qu'ils jouent juſqu'à la ſubſiſtance de leurs femmes & de leurs enfans.

» La gaieté fait les délices de nos repas : pour ces habitans, ils ne disent mot ; il semble qu'ils ne soient occupés qu'à savourer les mets qu'on leur sert ; ce sont des oiseaux qui viennent des pays étrangers, ce sont des vins qui ont passé les mers.

» Après ces repas si coûteux & si tristes, ils courent au théâtre, qu'ils appellent l'école des mœurs. Je les plains bien sincèrement, s'ils ont besoin de cette école pour former leurs mœurs ; pour moi, je ne voudrais pas y former les miennes. Cette école les rend-elle meilleurs ? Cette modestie, cette pudeur qui annonce tant d'autres vertus, je l'ai cherchée en vain ſur le viſage de leurs filles; j'ai vu les jeunes-gens manquer de reſpect aux vieillards; je n'ai entendu parler que d'inimitiés, de vols, & de procès. Là, ce ſont des époux qui manquent à la foi qu'ils ſe ſont jurée; ici, des frères & des ſœurs, qui, nés du même ſang, ne communiquent point entr'eux, & ſe haïſſent à la mort. Chacun rapporte tout à ſoi, & compte les autres pour rien; l'intérêt perſonnel eſt l'unique mobile de toutes les actions.

» Tels ſont les hommes qui

habitent cette ville voiſine de votre île ; les plaiſirs bruyans & menſongers les tuent ; ils ſont vieux à trente ans, & meurent rongés de remords.

» Chers inſulaires, pluſieurs d'entre vous ont pu voir par eux-mêmes ce que je viens de dire, ils pourraient ajouter à ce tableau imparfait : mais ce que vous ne ſavez peut-être pas, c'eſt que ſi quelques-uns de ces citadins vous enviſagent comme des hommes eſſentiels, parce qu'ils regardent l'agriculture comme une occupation néceſſaire à leur propre vie, le plus grand nombre ne met aucune différence entre vous & les animaux que vous conduisez.

» Gardez-vous donc de leurs trompeuses caresses ; n'enviez ni leur amitié, ni leur séjour, ni la vie qu'ils mènent. Je vous le répète, fuyez, fuyez cette cité superbe ; bénissez les Dieux qui vous ont fait naître au milieu des campagnes ; aimez le travail, craignez l'oisiveté comme votre plus cruel ennemi.

» Soyez sobres dans vos repas : les fruits de vos arbres, les légumes de la terre, le lait de vos troupeaux, le miel de vos abeilles, que de mets délicieux ne vous offre pas la nature !

» Soyez habillés proprement, mais sans faste ; contentez-vous de peu, les premiers besoins sont aisés à satisfaire.

» Aimez la campagne, aimez à respirer un air pur & le parfum des fleurs ; aimez à entendre le chant des oiseaux & le doux murmure des eaux.

» Admirez le soleil, quand il commence à dissiper les ténèbres de la nuit & qu'il jette ses premiers feux, lorsqu'il s'élève sur notre horizon, & qu'après avoir parcouru sa carrière, il disparaît à nos regards, & nous laisse le desir de le revoir.

» Sachez goûter les douceurs d'une vie innocente : la crainte des Dieux, l'amour conjugal, la tendresse paternelle, la piété filiale, la bienfaisance, la commisération, la reconnaissance, voilà les vrais plaisirs ; ils seront ceux de votre île, si chaque village s'excite à bien faire, par une noble émulation. Alors les mœurs antiques renaîtront, & le bonheur dont vous jouirez, vous ne le devrez qu'aux

ASSEMBLÉES ordonnées par un Souverain, l'ami & le père de ses peuples ».

Arcas se tut : on ne cessa d'applaudir à la profonde sagesse du vieillard ; on fit de nouvelles instances pour qu'il restât dans l'île. Arcas refusa une seconde fois. Comme on ne pouvait le retenir davantage, il fut conduit avec reconnaissance au Bathos.

A son arrivée, Arcas trouva un ordre exprès du Souverain, qui l'appelait à lui pour être l'ame de son Conseil ; les insulaires le félici-

tèrent de l'honneur qu'il recevait :
--- » C'eſt, lui diſaient-ils, la
» plus juſte, la plus digne récom-
» penſe de vos lumières & de vos
» vertus ; puiſſiez-vous en jouir
» long-tems, en faiſant le bon-
» heur du Souverain & celui de
» la Nation ! »

FIN.

APPROBATION.

J'AI lu, par ordre de Monſeigneur le Garde des Sceaux, un Manuſcrit ayant pour titre : *ARCAS, Paſtorale ſur les Aſſemblées Provinciales, par M. l'Abbé CHAISNEAU, Curé de Maillot, Diocèſe de Sens* ; & je n'y ai rien trouvé qui doive en empêcher l'impreſſion. A Paris, ce 11 Mars 1788.

BRUYS DE VAUDRAN.

PRIVILEGE DU ROI.

LOUIS, par la grace de Dieu, Roi de France & de Navarre ; à nos amés & féaux Conſeillers, les Gens tenans

7

nos Cours de Parlement, Maîtres des Requêtes ordinaires de notre Hôtel, Grand-Conseil, Prévôt de Paris, Baillifs, Sénéchaux: leurs Lieutenans Civils & autres nos Justiciers qu'il appartiendra : SALUT. Notre amé le Sieur Abbé CHAISNEAU, Curé de Maillot, Diocèse de Sens, nous a fait exposer qu'il desireroit faire imprimer & donner au Public un Ouvrage intitulé : *ARCAS, Pastorale sur les Assemblées Provinciales*, s'il nous plaisoit lui accorder nos Lettres de permission pour ce nécessaires. A CES CAUSES, voulant favorablement traiter l'Exposant, nous lui avons permis & permettons par ces Présentes, de faire imprimer ledit Ouvrage autant de fois que bon lui semblera, & de le faire vendre & débiter par tout notre Royaume, pendant le tems de cinq années conſécutives, à compter du jour de la date des Préſentes. Faiſons défenſes à tous Imprimeurs, Libraires, & autres perſonnes, de quelque qualité & condition qu'elles ſoient, d'en introduire d'impreſſion étrangère dans aucun lieu de notre obéiſſance. A la charge que ces préſentes ſeront enregiſtrées tout au long ſur le Regiſtre de la Communauté des Imprimeurs & Libraires de Paris, dans trois mois de la date d'icelles; que l'impreſſion dudit Ouvrage ſera faite dans notre Royaume & non ailleurs, en bon papier & beaux caracteres; que l'Impétrant ſe conformera en tout aux Réglemens de la Librairie, & notamment à celui du 10 Avril 1725, & à l'Arrêt de notre Conſeil du 30 Août 1777, à peine de déchéance de la préſente permiſſion;

qu'avant de l'expoſer en vente, le manuſcrit qui aura ſervi de copie à l'impreſſion dudit Ouvrage ſera remis dans le même état où l'Approbation aura été, ès-mains de notre très-cher & féal Chevalier Garde des Sceaux de France, le Sieur DE LAMOIGNON, Commandeur de nos Ordres; qu'il en ſera enſuite remis deux exemplaires dans notre Bibliotheque publique, un dans celle de notre Château du Louvre, un dans celle de notre très-cher & féal Chevalier, Chancelier de France, le Sieur DE MAUPEOU, & un dans celle dudit Sieur DE LAMOIGNON; le tout à peine de nullité des préſentes; du contenu deſquelles vous mandons & enjoignons de faire jouir ledit Expoſant & ſes ayans cauſe, pleinement & paiſiblement, ſans ſouffrir qu'il leur ſoit fait aucun trouble ou empêchement. Voulons qu'à la copie des Préſentes, qui ſera imprimée tout au long au commencement ou à la fin dudit Ouvrage, foi ſoit ajoutée comme à l'original. Commandons au premier notre Huiſſier ou Sergent ſur ce requis, de faire, pour l'exécution d'icelles, tous Actes requis & néceſſaires, ſans demander autre permiſſion, & nonobſtant clameur de Haro, Charte Normande, & Lettres à ce contraires: Car tel eſt notre plaiſir. Donné à Verſailles, le deuxieme jour du mois d'Avril, l'an de grace mil ſept cent quatrevingt-huit, & de notre Regne le quatorzieme. Par le Roi, en ſon Conſeil. *Signé*, LE BEGUE.

Regiſtré ſur le Regiſtre XXIII de la Chambre Royale & Syndicale des Li-

braires & Imprimeurs de Paris, N°. 1572, fol. 510, conformément aux dispositions énoncées dans la présente Permission; & à la charge de remettre à ladite Chambre les neuf Exemplaires prescrits par l'Arrêt du Conseil du 16 Avril 1785. A Paris, le onze Avril mil sept cent quatre-vingt-huit.

Signé *KNAPEN*, Syndic.

On trouve chez les mêmes Libraires,

Procès-verbal de l'Assemblée Provinciale de l'Isle de France, tenue en Novembre & Décembre 1787. Vol. *in*-4°. de près de 600 pages. 9 liv.

— Collection complette des Procès-verbaux de l'Assemblée Provinciale du Berri, 2 vol. *in*-4°. 18 liv.

www.ingramcontent.com/pod-product-compliance
Ingram Content Group UK Ltd.
Pitfield, Milton Keynes, MK11 3LW, UK
UKHW021551260726
13993UKWH00002B/774

9 782329 215624